바퀴 달린 모자

바퀴 달린 모자

신형건 시집

끝없는이야기

차례

얼른 어른이 되고 싶은 아이들과

다시 아이가 되고 싶은 어른들에게

ㅡ신형건

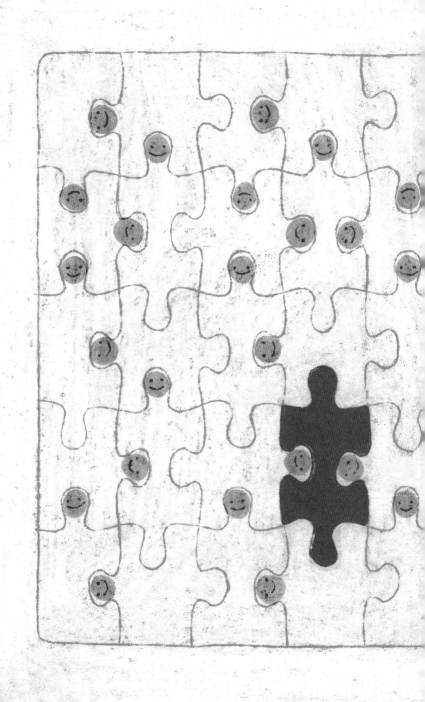

…없는

창문이 없는 집, 답답하지?
가로수가 없는 길, 허전하지?
바람이 불지 않는 언덕, 가고 싶지 않아.
아이들이 없는 놀이터, 심심하지?
열쇠를 잃은 자물쇠, 영영 잠만 잘 테지.
불이 나간 저녁, 깜깜하지.
별이 없는 밤하늘, 말도 안 돼!
그럼, 이건 어떻겠니?
-내가 없는 세상

이건 아주 무서운 총놀이야

꽃을 향해 빵 쏘니까 팔랑
나비가 날아 나왔어.
연달아 빵빵빵 쏘았더니
팔랑 팔랑 팔랑—
아스팔트에 대고 쏘았더니 뾰족
풀 한 포기 돋아 나오고,
쇠창살에 빠앙— 했더니 금세
담쟁이넝쿨이 되어 넌출넌출!
굳게 닫힌 문에 대고는 그냥
시늉만 했는데도 스르르—
심통 부리는 동생 얼굴에, 맛 좀 봐라!
빵— 했더니 뺑긋 보조개가 패이고
빵빵빵빵 마구 쏘아 댔더니
한바탕 웃음이 터져 나왔지.
이젠 네게 쏠 차례야.
자, 쏜다? 무섭지!
빠앙—

담 넘어간 공

담 넘어간 공, 누가 찾아올래.
개한테 물릴까 봐 겁이 난다구?
에이, 어림없는 소리!
호랑이 영감한테 혼쭐난다구?
흥, 겁쟁이들 같으니라구!
하늘엔 아직 해가 쨍쨍한데
펄펄 날던 우리들의 햇덩이, 꼴깍
담 너머로 지고 말았네.
아유, 깜깜해라! 깜깜해!
갑자기 한밤중 같네!
눈부신 그 햇덩이, 누가 찾아올래.
신나는 그 햇덩이, 누가 찾아올래.
아무도 없어? 없냐구?
에라, 내가 찾아오고 말지.

망태 할머니

　징징 우는 울보랑, 구질구질한 게으름뱅이랑, 밤늦게까지 싸돌아다니는 말썽꾸러기랑, 어쨌든 엄마 말 안 듣는 애들은 다 잡아간대, 망태 할머니가! 커다란 망태를 둘러메고 성큼성큼 다가와서, 소리 지르지 못하게 입을 틀어막고 덥석 안아 올려 쑥 집어넣는대, 망태 속에다! 어디에서 올까, 망태 할머니는? 어떤 옷을 입었을까? 쪼글쪼글한 손에 숭숭 털이 났을까? 너희들은 아니? 모른다고? 암, 모를 테지. 나? 나야 알지. 오늘 저녁에 만났거든! 저녁도 먹지 않고 숨바꼭질하는데, 갑자기 컴컴한 골목에서 누군가 꽉 껴안지 않겠어. −요 녀석, 너 말썽꾸러기지? 망태 속에 넣어 가야겠다! 난 너무 무서워서 소리도 못 지르고 버둥거렸는데… 막 울음을 터뜨리려다 보니, 망태 할머니가 호호호 웃고 있지 뭐야. 찬찬히 살펴보니 손도 쪼글거리지 않고, 망태도 메지 않았고, 그래! 하얀 앞치마를 두르고… 글쎄, 망태 할머니가 누구였는지 아니? 바로 우리 엄마였어.

귀지

엄마, 귀지는 참 기특하지 않아요?
캄캄한 귓속에서도 불평 없이 지내다가
이렇게 다소곳이 귀이개에 묻어 나오니 말이에요.
귀지가 쉴 새 없이 고시랑고시랑 불평을 했다면
내 귓속은 무척 소란스러웠을 거예요.
엄마, 손바닥에 올려놓고 찬찬히 살펴보자니까
귀지가 옴죽옴죽 무슨 말을 하려는 것 같아요.
아, 그래요! 귀지는 원래 말이었을 거예요.
내 귀에 들어오는 수많은 말들 중에서
쓸모없는 말들이 모여 귀지가 됐을 거예요.
내 마음에 담기지 않고 귓속에서만 그냥
뱅뱅 맴돌던 말들 말이에요.
그중엔 엄마의 잔소리도 몇 섞여 있겠지요?
엄마, 이 귀지들이 모두 무슨 말들이 되어
금방이라도 되살아날 것만 같아요.
어서 훌훌 털어 버려야겠어요.

친구가 되려면

지우개랑 친해지려면
글씨를 자꾸 틀리면 되지.
몸이 다 닳아 콩알만 해진 지우개가
툴툴거리는 소리, 귀에 들려올 때
그 소리에 솔깃 귀 기울일 수 있으면
그제야 지우개랑 진짜
친구가 되는 거지.

마당가에 삐죽 고개 내민
돌부리와 친해지려면
네댓 번 걸려 넘어져 보면 되지.
눈 감고도 그 돌부리가 환히 보일 때
돌부리가 다리를 걸기 전에 먼저
슬쩍, 밉지 않게 걷어차 줄 수 있을 때
그제야 돌부리와도
친구가 되는 거지.

바람과 친해지려면

그냥 불어오는 쪽을 바라보면 되지.
머리카락을 흩뜨리고 달아나게 내버려 두면 되지.
하지만, 바람과 정말 친구가 되려면
바람개비를 만들어야 하지.
팔랑팔랑 춤추는 바람개비를 입에 물고
바람을 가슴에 안으며
달려야 하지.

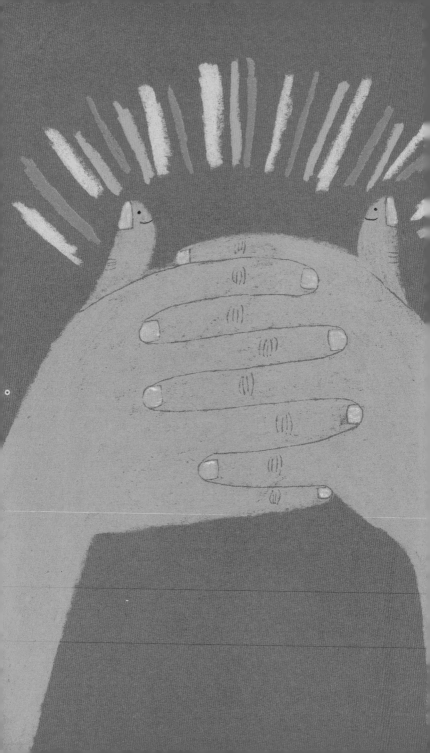

처음 알게 된 일

글쎄, 오늘에야 처음 알았지 뭐야.
한 손을 쥐면 그저 주먹일 뿐인데
두 손 모으면 지금 마악 피어나려는
꽃봉오리가 되는 것을 말야.
한 손으로는 고양이 세수밖에 못하지만
두 손 모아 세수하면 활짝 피어난
꽃인 줄 알고 내 얼굴로 나비가 날아들지.
철봉에 매달릴 때도 마찬가지야.
두 손으로 철봉을 꽉 잡고 용쓰면
하늘이 성큼 내 가슴에 안겨 오지.
그래, 따로따로일 때는 별거 아니지만
두 손이 모여 하나가 되면 마침내
힘이 되고 기쁨이 되는 거야.
이것 봐, 서로 마주쳐서 몹시 아플 텐데
두 손은 그냥 기쁘다고 웃잖아!
짝짝짝짝짝─

엉뚱한 물음 하나

무심코 빗으로 머리를 빗다가
머리카락 한 올이 빠졌을 때, 결코
너는 앙앙 울어 대지는 않지?
그렇지만 어디 한번 생각해 보렴!
셀 수 없이 많은 머리카락들 중에
하나라도 슬퍼하지 않았을까?
빠진 머리카락 바로 옆에 사는
이웃 머리카락은 눈물 흘렸을까?
또 그 옆에 사는 머리카락은?
또또 그 옆옆에 사는 머리카락은?
그리고 그보다 멀리 떨어져 있어
서로 알지 못했던 머리카락들은?
그래, 그 사실을 알기나 했을까?
지구처럼 둥근 네 머리에 사는
수많은 머리카락 중에서 하나가
문득, 빠져 달아났을 때!

깡통 차기

화가 날 때 빈 깡통을 뻥
차 보는 것은 얼마나 상쾌한 일이야.
발끝에 채인 깡통이 떼굴떼굴
신나게 굴러가면, 나도 모르게
스르르 화가 풀리곤 하니까.
그런데 오늘은 그렇지가 않았어.
친구들한테 따돌림 받고 돌아오는 길
힘없이 툭, 차 본 깡통은 오히려
나를 더 울적하게 했어.
누가 돌멩이를 집어넣었을까?
때그르 구를 때마다 딸그락거리는
소리, 그 소리가 내 마음속에서
더욱 크게 울리고 있었어.

친구랑 다툰 날에 읽는 시

하늘은 커다란 눈 한 번 꿈벅이지 않고
뭉게구름은 투덜투덜 몸만 자꾸 부풀리고
난 혼자야.
전봇대는 뒷짐 지고 무뚝뚝하게 내려다보고
참새는 머리에 찍, 똥을 싸고 날아가고
그래, 난 혼자야.
담벼락은 아까부터 쿨쿨 잠들어 있고
낙서들은 쉴 새 없이 잠꼬대하고
그래그래, 난 혼자야.
도둑고양이는 나를 거들떠보지도 않고
강아지풀들은 메롱! 혀를 내밀고
난 혼자야, 혼자야.
오늘따라 바람 한 점 불지 않고
쭈그리고 앉아도 개미 한 마리 얼씬거리잖고
눈앞은 점점 뿌옇게 흐려지고
난 혼자야 혼자야 혼자라구.

하늘 이야기

먼 옛날엔, 이 세상 사람들 모두
날개를 달지 않은 천사들이었다지.
그땐, 하늘이 온 세상을 비추는 거울이었고
마음만 먹으면 뛰어들 수도 있는 호수였다지.
행여, 미움의 티끌이 묻었을까?
마음 한 자락이 욕심에 물들지나 않았을까?
사람들은 날마다 하늘에 마음을 비춰 보았다지.
그러다가, 한 점이라도 때 묻은 게 보이면
누가 볼까 부끄러워 얼굴 가리고 풍−
덩! 풍덩! 하늘에 뛰어들었다지.
사람들이 물장구칠 때마다 하늘엔 문득
새털구름 같은 물보라가 일다 스러지고…
흰 구름처럼 깨끗해질 때까지 멱을 감다
내려오면, 하늘처럼 맑은 얼굴이 되었다지.
그런데, 언제부터인가 사람들은 부끄러움을
잊었다지. 하늘을 거울 삼는 일도 깜박
잊고, 마음을 씻는 일도 까맣게 잊었다지.
그 뒤로 오래오래 욕심과 미움에 물들어

하늘을 쳐다보는 일마저 잊어버렸다지.
아무도 하늘에 마음 비춰 볼 줄 모르고
돌덩이처럼 무거워진 마음으로는, 결코
하늘에 뛰어들 엄두조차 못 내게 되었다지.
그래서, 사람들은 이제 죽어서도
하늘에 가기 힘들다지.
정말, 힘들다지.

만약에 물고기가

만약에 물고기가 이 세상을 지배하게 된다면
세상은 온통 물바다가 되고 말 거야.
─하하하, 허파로 숨 쉬는 이상한 동물이야!
물에 빠져 꼬르륵꼬르륵 물을 삼키는 사람들을
놀려 대며 물고기들은 아가미를 뻐끔거리겠지.
그러고는 사람들에게 지느러미를 달라고 명령할 테지.
─나처럼 먹물을 뿜지 않는 녀석은 감옥에 가두겠다!
문어는 그 많은 다리를 흐늘거리며 겁을 줄 거야.
그러면 문어 다리를 즐겨 먹던 사람들조차도 벌벌 떨면서
억지로 문어 흉내를 내려고 애쓰겠지.
─멋진 사람 쇼가 있어요. 잘 길들여진 사람들이 벌이는 사람 쇼!
돌고래들은 우르르 몰려들어 구경할 거야.
사람들이 돌고래 쇼를 보며 손뼉을 쳤듯이
돌고래 구경꾼들은 지느러미를 흔들어 대며 소리치겠지.
─야, 대단한 사람이군. 돌고래의 말을 다 알아듣다니!
부끄러움도 잊은 채 사람들은 돌고래들이 던져 주는 먹이를
서로 먼저 먹으려고 야단법석을 떨겠지.
그러다 보면 사람들은 점점 모습이 변할 거야.

어떤 사람은 등에 지느러미를 달고
또 어떤 사람은 허파 대신 아가미로 숨을 쉬고
그래, 문어처럼 먹물을 뿜을 줄 아는 사람도 생기겠지.
하지만 여전히 사람의 모습으로 남아 있는
사람들도 분명히 있을 거야.
그들은 어쩔 수 없이 꼴깍꼴깍 물을 들이켜고
팔을 허우적대면서도 끝끝내 소리치겠지.
-야, 이 못된 물고기들아 물러가거라!
우리는 사람이다! 우리는 살아 있다!

거울

엄마, 푸른 하늘을 담은 호수는 왜 더 푸르지요?

기쁠 때, 거울 앞에 가 보렴. 거기에 비친 네 얼굴은
더 환하지!

거지 천사

누덕이라는 이름을 들어 본 적 있니?
그보다도, 거지 천사 이야길 아니?
하늘나라 천사들은 모두 이음새가 없는 옷을
입고 있는데, 그 옷을 만드는 천사 이름이
누덕이야. 아니아니, 누더기가 아니라 누덕!
누덕이 어떻게 기운 자국 하나 없이 매끈한
옷을 짓는지 아무도 모르지만, 이것 하나는
모든 천사들이 다 알고 있지. 바로
누덕이 입고 있는 옷은 누더기라는 것!
아무리 재주가 빼어나다지만 누덕이도
옷을 다 만들고 나면 자투리가 남지.
누덕은 그걸 버리지 않고 모아 뒀다가
누덕누덕 기워 옷을 만들어 입는 거란다.
그래서 거지 천사라는 별명이 붙었지.
천사들의 옷을 다 지어 놓고 나면 누덕은
우리가 사는 세상으로 내려온단다.
사람들의 해진 마음을 기워 주기 위해서야.
하지만, 거지처럼 누더기옷을 입고 다녀서

우리는 잘 알아보지 못하지. 더욱이
마음이 누덕누덕 누더기인 사람은!

어디일까

어디일까?
고운 입술을 가진 돌들이
모여 사는 곳은

목소리 높이는 일 없어
결 고운 화음으로 어우러지는
합창대가 있는 곳은?

어디라도, 가까운
산골짝을 찾아가 보렴!

들…리…지…

네 귀를 환히 적시는
노래,
네 입술이 움찔하려다 마는
그 화음

바로 그곳이란다

산골짝 물은
예쁜 입술을 가진 돌을 만나야
비로소, 노래가 된단다.

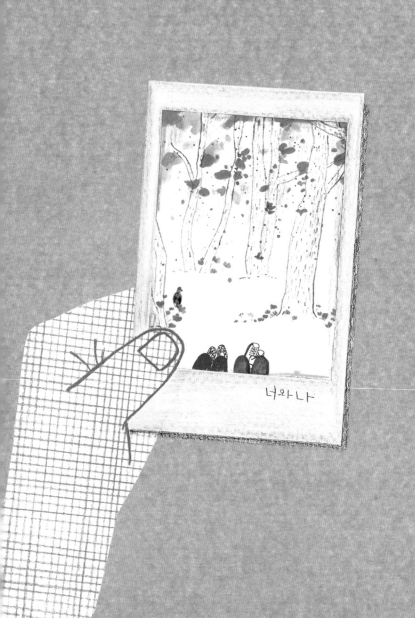

너와 나

너와 나

아침마다 한결같이 동쪽에서 해가 뜨는 것처럼
나란히 나란히 어깨동무한 하얀 앞니들처럼
애써 찾지 않아도 언뜻 눈에 띄는 네 잎 클로버처럼
바람이 힘차게 깃발을 펄럭이게 하는 것처럼
지우개가 틀린 글자를 살살 지워 주는 것처럼
웃자란 손톱을 가지런히 깎아 주는 손톱깎이처럼
바라보면 그대로 얼굴을 비춰 주는 거울처럼
해가 진 뒤에 오래 남아 있는 저녁놀처럼

콧노래

엄마, 이렇게 즐거운 날
난 노래 주머니가 되고 말아요.
참새처럼 종종거리다 보니
내가 발로 노래하고 있지 뭐예요.
내 몸엔 노래가 가득한가 봐요.
입을 꼭 다물고 있는데도
발끝부터 머리끝까지 꽉 차고
넘쳐서 코로 흘러나오잖아요.
그리고 보니 내 코가 꼭 부리 같네요.
몇 걸음만 더 뛰면
새처럼 날아오를 것 같아요.
아, 어느새 몇 치쯤 떠 있어요.
파득- 파드득-

노래하는 새들

새들이 날 수 있는 건
날개 때문이 아닌지도 몰라.
그래, 하늘 높이 날 수 있는 건
노래 때문일 거야.
날개가 그처럼 반짝이는 것도
노래의 힘찬 풀무질 때문이야.
즐거운 노래는 새들의 날개에
투명한 용수철을 달아 주지.
고 작은 부리에서 뿜어 나오는 노래는
새들이 하늘 높이 쏘아 올리는
소리의 분수야,
힘의 분수야.

새해 새날 새아침

새해, 새날, 새아침
하느님이 커다란 대포로
햇덩이를 쏘아 올리지.
그 대포는, 세상에서 가장
빛나는 마음들만 모아 빚은 것!
그 햇덩이는, 일 년 중 가장
뜨겁게 달아오른 불덩이!
눈 깜짝할 사이, 지구는 멈칫
움직임을 멈추었다가
펑! 햇덩이가 쏘아 올려진 다음
다시 돌기 시작하지.
비로소 힘차게 새해가 시작되는 거야.
1월 1일, 새아침
새해!

엉덩이에 난 뾰루지

아야! 엉덩이에 뾰루지가 났나 봐.
똑바로 앉아 있을 땐 아무렇지도 않다가
조금 삐딱하게 앉을라치면, 아야!
아픈 걸 보니 엉덩이 한가운데가 아니라
거기에서 약간 비껴난 곳에 난 모양이야.
아야! 이걸 어쩐다지?
선생님 얘기가 슬슬 재미없어져서
몸을 비비 꼬았더니 뾰루지가 깜짝
화를 내지 뭐야. 아야! 아야!
똑바로 앉지 못해!
산수 문제를 풀다가 깜박 졸았더니
아야! 고 녀석이 내 엉덩이를
바늘로 콕콕 찔러 대지 뭐야.
아야! 아야! 알았어, 정신 차릴게.
집에 와서 숙제를 하는데도 엄마처럼
끊임없이 참견을 해.
조금 삐딱하게 앉으면 어때서
엉덩이를 들썩거릴 때마다 아야!

똑바로 앉아! 아야! 한눈팔지 마!
요 녀석아, 내 말 안 들으니까
엉덩이에 뿔 난 거야! 엄마는 빙그레
웃으시지만, 정말 큰일이야.
이 얄미운 뽀루지 녀석, 언제나
내 엉덩이에서 이사를 갈까?
선생님 눈총보다 엄마 잔소리보다
더 무섭고 귀찮은 녀석!
아야! 아야! 아야!

바퀴 달린 모자

바퀴 달린 모자, 본 적 있어?
참 우스울 테지, 떼굴떼굴
굴러다니는 모자라… 히힛!
뿔 난 축구공은? 생각해 봐
얼마나 재미있겠어, 제멋대로
튀어 오르며 야단일 테니.
뚜껑 달린 운동화는 어때?
그게 신발이냐구? 휴지통으로나
쓰라구? 거, 좋은 생각이야!
방울 달린 연필도 있는데?
머리핀 꽂은 우산은?
레이스 달린 칫솔은?
이제 그만두라구? 그게 무슨
도깨비 같은 소리냐구? 그럼
마지막으로 이건 어때?
반바지 입은 선인장! 이건
우리 집에 정말 있는 거야.
그게 바로 나야! 나라구!

엄마가 나를 그 꼴로 만들었어.

너도 나와 다름없을걸.

그렇지? 속상하지? 답답하지?

얘, 우리 내일부턴 절대로

엄마가 시키는 대로 고분고분

학원에 가지는 말자.

그 대신, 운동장에서 만나

코피 터지도록 싸움이나 한판 하자!

어때? 너랑 나랑, 뿔 난

축구공이랑 뚜껑 달린 운동화랑,

머리핀 꽂은 우산이랑

바퀴 달린 모자랑

꼬리 아홉 달린 여우

야아, 꼬리 아홉 달린 여우가 나타났단다.
팔딱! 재주 한 번 넘으면 눈 깜짝할 사이에
텔레비전 속으로 들어가 봉숭아 학당의 맹구가 되고
팔딱! 또 한 번 넘으면 만화 드래곤 볼이 되어
불쑥 우리 책가방 속에 들어오고 다시 또
팔딱! 재주넘으면 송송송 전자오락기가 되어
우리 주머니의 동전을 탈탈 털고, 그런단다.
옛날 옛적에 길 가는 사람을 홀리곤 하던 여우가
둔갑 잘한다는 그 여우가 다시 나타났단다.
팔딱! 재주 한 번 넘어 강시로 쿵쿵거리고
팔딱팔딱! 재주 두 번 넘으면 배트맨으로 날아 오르고
또 한 번 재주넘어 뭐가 될까? 뭐로 둔갑해야
아이들을 잘 홀릴 수 있을까? 머리를 갸웃거린단다.
과거 보러 가는 선비를 홀린 바로 그 여우인데
이젠 한 마리가 아니라 아주아주 여럿이란다.
어느새 안방에 들어와 떡 버티고 앉아 있기도 하고
오싹오싹 공포체험이 되어 책상 위에 걸터앉고

비디오 가게 문 뒤에 슬쩍 숨어 있기도 하고
우리 가는 길목마다 지켜 서서 이리 와! 이리 와!
손짓하며 우리들을 꼬드기려고 안달이란다.
팔딱! 재주 한 번 넘어서 뭐가 될까?
팔딱팔딱! 넘어서 또 뭐가 될까?

마네킹, 너 조심해

너 정말 웃기는구나!
척, 한 손을 든 폼이 꼭 반장 선거에서
보기 좋게 떨어진 공삼이 같네.
얼굴에 기름기 잘잘 흐르는 그 애도
너처럼 옷을 뻔질나게 갈아입지.
그래, 이제 보니 아예 똑같구나!
곱슬곱슬 볶은 머리에 늘 웃는
척하는 얼굴, 걔네 엄마는 우리 아들이
장래 대통령감이라고 뻐기던데
너는 장래 희망이 뭐니? 몰라?
하긴, 꼭두각시놀음하는 처지에
뭐 하나 제대로 아는 게 있겠어.
그래도 뭐가 좋다고 계속 웃고 있네!
뻔드레한 옷 걸치고 뽐내도
소용없어, 조금 전에 다 봤다구.
가게 주인이 네 옷을 훌러덩 벗기니까
정말 꼴불견이더라.
삐걱거리는 조립식 팔다리에

배꼽도 없고 고추도 안 달렸던데!
그래도, 아니라고 우길 참이야?
너 꼭두각시 공삼이, 아니 너 마네킹!
그렇게 계속 폼 잡으면, 번쩍
눈에 불나도록 따귀를 갈겨 버릴 거야!
어라―

몰래 카메라

어, 이걸 어쩐다지?
내가 손가락으로 콧구멍 후비는 걸
누구에겐가 들켜 버린 것 같아.
설마 내 짝 선희가 보진 않았겠지.
잠잘 때 내가 쁘드득뿌두둑 이를 가는 걸
엄마 말고 또 누가 알까?
뭐? 탁상시계? 둘리 인형? 어휴…
그야 당연하지, 나랑 한방에 사는걸.
걔네들이야 한 식구니까 흉 될 건 없지.
또 다른 누가 알면 어쩌나?
공부 시간에 느닷없이 터져 나온 방귀야
뚝, 시치미 떼면 그만이지만
산수 시험 볼 때 내가 곁눈질한 걸
누가 보았으면 어쩌나? 갑자기
나는 봤다! 나도 봤지롱! 나도! 나도…
아무 말 없이 벙어리인 척하던
연필과 공책이, 책상이 모두
외쳐 대며 나를 손가락질할 것 같아.

혹시, 찰칵! 소리도 내지 않고
내가 하는 꼴을 빠짐 없이 몰래 찍어 대는
카메라의 번뜩이는 눈이
어디 숨어 있는 거 아냐?
찰칵!

장래 희망
-참새가 될 거야

될 수만 있다면, 장군이 되는 것보다
참새가 되는 것도 괜찮을 거야.
어깨에 쇠 쪼가리로 만든 가짜 별을 다는 것보다야
진짜 날개를 다는 게 훨씬 더
멋지지 않아? 아무리 작은 날개라도
맘껏 하늘을 날 수 있잖아.
대통령이 되는 것보다, 될 수만 있다면
참새가 되는 것이 좋을 거야.
―친애하는…에…국민 여러분…에…에…
수천만의 국민들 앞에서 더듬더듬
눈치를 보는 것보다야 내키는 대로 즐겁게
짹짹거리는 게 더 신나잖아.
그렇다고 해서, 아무 말이나 함부로
지껄이지는 않을 테야.
남을 헐뜯거나 밥 먹듯이 거짓말하는 건
못난 사람들이나 실컷 하라지.
그런 것보다야, 아침마다 창가에 날아가

잠꾸러기들의 늦잠을 깨우는 게
훨씬 더 값진 일이잖아.
나는 참새가 되더라도 그냥 그저그런
참새가 되진 않을 거야.
아무 데나 찍찍 똥을 싸거나
농부들이 애써 지은 농사를 망치진 않을 거야.
가끔 배 속에서 쪼르륵 소리가 나겠지만
두 번에 한 번쯤은 방앗간도 그냥 지나치는
아주 용감한 참새가 될 거야.
그까짓 장난꾸러기들의 새총쯤이야
코딱지만큼도 두려워하지 않을 테야.
못된 짓을 해서 돌에 맞는 건
참새나 장군이나 대통령이나 모두
다 마찬가지 아냐! 짹짹짹!

내 친구 콩알

내 친구 콩알 얘기를 해 줄까?
그 앤 호루라기 속에 살고 있어.
호루라기가 쉬고 있을 때 들여다보면
정말 콩알만 한 그 녀석은 곤히 잠든 듯
가랑가랑 코 고는 소릴 내고 있지.
그러다가 내가 호루라기를 입에 물면
화들짝 놀라 깨어나는 거야.
그러곤 100미터 달리기 할 준비를 하지.
힘껏 숨을 불어 넣으면 막 뛰기 시작하는데
글쎄, 그 녀석은 한 발도 가지 못해.
그저 제자리에서만 뛸 뿐이지.
조그만 호루라기 배 속에서
앞에부딪치고뒤에부딪치고옆에부딪치고
다시앞에부딪치고뒤에부딪치고팽글팽글
돌면서 요동을 치는 거야.
그래야 힘찬 호루라기 소리가 나거든.
너무 아파서 콩알이 질러 대는 비명이
바로 그 호루라기 소리냐구?

아냐, 아냐. 슬쩍 물어보았더니
막 뛰는 게 신나서 노래하는 거래.
그래도 꽤 아플 텐데……
내 친구 콩알, 참 기특하지?

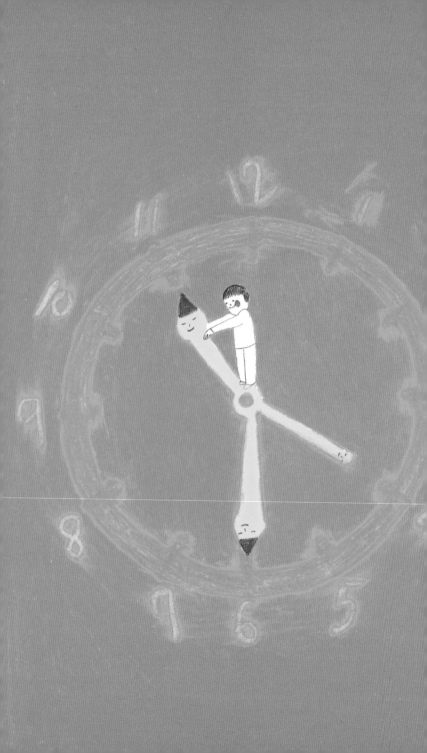

잠자는 시계

잠자는 시계에게 말을 걸어 보렴!
1초에 한 걸음씩 바삐 가던 초침 뚝 멈추고
분침 시침 덩달아 멈추었을 때, 매정하게
태엽을 감지 말고 잠시 쉬게 내버려 둔 다음
힘들었지? 하고 말을 걸어 보렴.
가쁜 숨 고르는 소리가 들리지 않니?
시계추 같이 왔다 갔다 하느라 정신없는 아빠처럼
아픈 발목을 주무르고 있을지 아니?
그러니, 성급하게 태엽을 감지 말고
편히 쉬어! 하고 다정히 어루만져 주렴.
네가 말을 걸면, 똑딱거리며 바쁘게
네 뒤를 쫓던 발소리, 그 소리가 아니고
무슨 향기 같은, 아니 맛 같은 그런 말을
살며시 건네 올지 누가 알아!

30센티미터 자를 산 까닭

가려운 등을 긁을 수 있지
손톱에 끼인 때도 파낼 수 있지
발뒤꿈치만 조금 들면
천장에 친 거미줄도 걷어 내지
귀찮은 파리를 쫓을 수 있지
피리 부는 흉내도 낼 수 있지
노래하며 손장단을 맞출 수 있지
얏! 얏! 신나는 칼싸움도 할 수 있지
바람에 날리지 않게 시험지를 꾹 눌러 둘 수 있지
장롱 밑에 들어간 것도 꺼낼 수 있지
그래, 힘들었으니 좀 쉬라고
그냥 놔 둘 수도 있지
야아, 이 좋은 생각이 이제야 떠오르다니!
얄밉게 구는 네 등짝을 힘껏
후려칠 수도 있잖아!
그리고 또 뭐가 있더라……
분명히 있을 텐데…… 뭐지?
뭐지…… 뭘까?

게으름뱅이의 넋두리

해가 서쪽에서 뜨려면 지구가 거꾸로 돌아야 하겠지만
매일 해가 뜬 다음에야 일어나는 나랑은 상관없는 일이야.
누가 알아? 늦잠 잤기 때문에 꿈속에서 달았던 날개를
그대로 달고 있게 될지. 누가 알아? 고양이 세수를 한 탓에
내 얼굴이 더 잘생겨 보일지. 또 누가 알아? 느릿느릿
골목을 빠져나가다가 100원짜리 동전을 주울지. 오늘따라
내가 제일 좋아하는 선희도 나처럼 지각할지. 누가 알아?
교문 앞에서 만나 교실까지 가방을 들어 주게 될지. 그래
그래, 운동장에서 야구공에 맞아 이가 부러지는 건데
한발 늦어서 운 좋게도 무사할지. 하지만 지각해서 야단맞는 건
싫어, 정말 싫어. 아니, 누가 알아? 혹시 선생님이 나보다
더 지각하실지. 아니 아니, 뜻밖에도 야단맞는 대신 장하다고
칭찬받을지. 선생님이 내 머리를 살살 쓰다듬어 주실지
누가 알아? 누가 알아?

노래 주머니

컴컴한 골목길을 어슬렁거려야지.
몸이 덜덜 떨리면 두 주먹을 꼭 쥐고
고운 목소리로 노래하는 것도 잊지 말아야지.
도깨비가 언제 불쑥 나타날지 모르니까.
그래, 도깨비는 사람 많은 곳을 싫어한다지.
좀 더 후미진 골목으로 가야겠어.
그 고운 노래가 어디서 나오냐고 물으면
주저 없이 손등에 있는 사마귀를 가리켜야지.
아냐 아냐, 도깨비는 의심이 많다니까
처음엔 짐짓 모르는 체 시치미를 떼야겠어.
그러다가 자꾸 졸라 대면 못 이기는 척
손등을 가리키며 말하는 거야.
─바로 이 사마귀가 노래 주머니란다!
그럼 도깨비는 선뜻 방망이를 내밀겠지.
그래도 냉큼 손을 벌리면 안 돼.
크게 선심 쓰는 척하면서 아프지 않게
조심조심 사마귀를 떼어 가라고 해야지.
야, 얼마나 신나는 일이야!

귀찮은 사마귀도 떼고 요술 방망이도 얻고……
그런데, 만약에 만약에 이러면 어쩌지?
옛날 옛날에 혹부리 영감한테 속았던
그 도깨비를 만나면 어떡하지?

넌 바보다

씹던 껌을 아무 데나 퉤, 뱉지 못하고
종이에 싸서 쓰레기통으로 달려가는
너는 참 바보다.
개구멍으로 쏙 빠져나가면 금방일 것을
비잉 돌아 교문으로 다니는
너는 참 바보다.
얼굴에 검댕칠을 한 연탄장수 아저씨한테
쓸데없이 꾸벅, 인사하는
너는 참 바보다.
호랑이 선생님이 전근 가신다고
아무도 흘리지 않는 눈물을 혼자 찔끔거리는
너는 참 바보다.
그까짓 게 뭐 그리 대단하다고
민들레 앞에 쪼그리고 앉아 한참 바라보는
너는 참 바보다.
내가 아무리 거짓으로 허풍을 떨어도
눈을 동그랗게 뜨고 머리를 끄덕여 주는
너는 참 바보다.

바보라고 불러도 화내지 않고
씨익 웃어 버리고 마는 너는
정말 정말 바보다.

-그럼 난 뭐냐?
그런 네가 좋아서 그림자처럼
네 뒤를 졸졸 따라다니는
나는?

무서운 꿈

처음에 난 그게 참새 떼인 줄만 알았지.

하늘 한 귀퉁이에 까만 점들의 무리가 보였거든.

그런데 그게 갑자기 머리 위로 와르르 쏟아지는 거였어.

—아, 아냐! 난 방앗간 왕겨 더미가 아니라구!

깜짝 놀라 소리쳤지. 눈을 꼭 감아 버렸어.

벌써 몸이 온통 참새들로 뒤덮였어야 하는데, 이상했어.

아무런 느낌도 없어서 슬며시 눈을 떠 보았지.

—와, 이게 뭐야? 번쩍 눈이 떠졌어.

참새 떼가 아니었어. 그건 돌멩이들이었어!

크고 작은 돌멩이들이 나를 비잉 둘러싸고 있었지.

더럭 겁이 났어. 꼼짝도 할 수 없었지.

돌멩이들이 앞다투어 뭐라고 외쳐 대기 시작했어.

그러고 보니 그 녀석들은 입이 있지 뭐야.

아니, 외쳐 댈 때만 쩍쩍 벌어지는 입이 보였어.

처음엔 그저 벌 떼가 왱왱거리는 것처럼 들렸지.

나는 토옹 정신을 차릴 수가 없었거든.

그런데 조금 지나자 다 알아들을 수 있게 되었어.

—우리가 누군지 알아? 바로 네가 지금껏 던진 돌들이야.

-넌 늘 남에게 함부로 돌을 던졌지? 그렇지?

-네가 던진 돌들은 언젠가는 다 네게로 돌아오는 거야!

나는 세차게 도리질을 쳤어. 나도 모르게 말야.

그러자 돌멩이들은 무척이나 화가 난 모양이었어.

내 귀엔 다시 벌 떼가 왱왱거리는 듯한 소리만 들렸지.

그래도 난 계속 도리질을 쳤어. 아냐! 아냐! 아냐!

-이제 보니 넌 고약한 거짓말쟁이로구나. 안 되겠어.

-그래, 절대로 용서할 수 없어. 맛 좀 봐라!

돌멩이들은 한꺼번에 내게로 달려들었지.

난 눈을 꼭 감아 버렸어.

아아아아악 ————

만약에 내가

만약에 내가 가랑잎이 되어
발밑에서 바스락거리면 넌
내가 뭐라고 하는지 알아들으려고
토끼처럼 귀를 쫑긋거리겠지.
만약에 내가 함박꽃으로 피어
향기를 내뿜으면 넌
내 마음을 다 알아채려고
코를 큼큼거리며 실눈을 뜨겠지.
만약에 내가 휘파람새가 되어
나뭇가지 끝에서 노래하면 넌
누구의 노래가 저리 고울까?
하고 한참을 기웃대겠지.
그런데 그런데, 만약에 내가
개가 되어 마구 짖어 대면
넌 어떻게 할 거니?
그게 얼마나 반갑고 기쁜 말인 줄
정말, 알 수 있겠니?

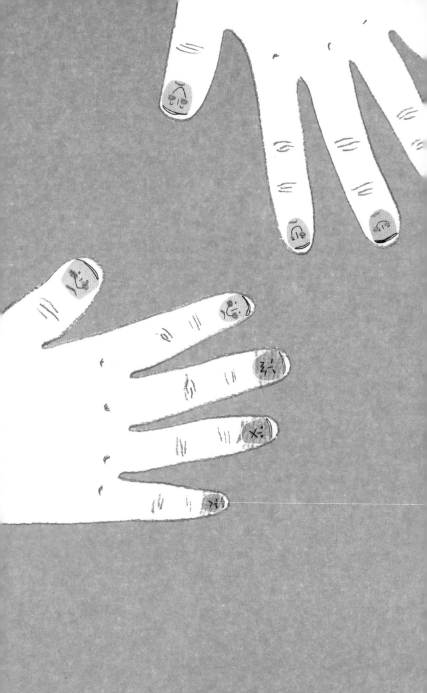

슬플 때

괜히 눈물만 찔끔거리지 말고
두 손을 활짝 펼쳐 보렴.
손가락마다 발그레한 얼굴들이 보이지?
열 손가락 끝에 있는 손톱들 말야.
색연필 따위는 필요 없단다.
그냥 눈길로 어루만지듯 그 위에
눈·코·입을 그려 넣으렴.
그리고 찬찬히 들여다보렴.
그 얼굴들이 울상 짓고 있니?
그럼, 말끔히 지우고 다시 그리렴.
……아직도 찡그리고 있니?
또다시 그려 보렴.
이젠 어떠니? ……그래?
그럼, 지우고 다시 그리렴.
열 개의 얼굴이 모두
웃는 얼굴이 될 때까지, 그래
또다시 그리렴!

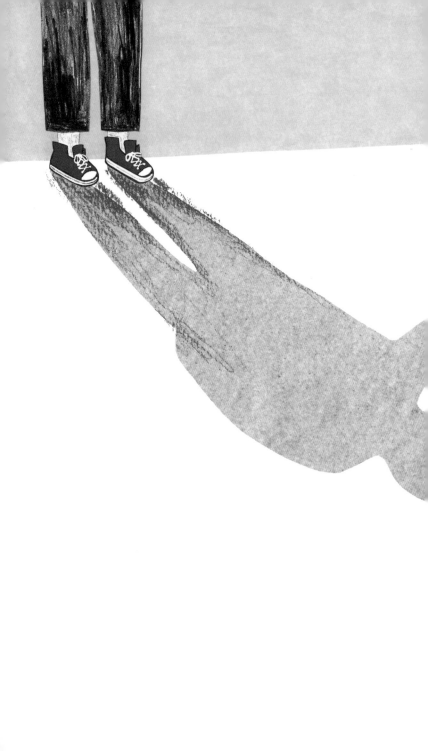

그림자에게

그래, 너 참 오랜만이구나!
고개를 떨구고 걷다 보니 무심결에
발끝에 밟히는 내 그림자.
눈인사를 하니 너는 몹시 반가운 듯
움찔, 놀라기까지 하는구나.
왜 그동안 너를 잊고 지냈을까?
너는 늘 내 곁에 있었을 텐데
나보다 한발 앞서 가거나
뒤꿈치에 꼭 붙어 다녔을 텐데
그만 까맣게 잊고 있었구나.
내가 기쁨에 들떠 있을 땐 너도
덩달아 우쭐거렸을 테지.
즐거울 땐 눈여겨본 적이 없는데
축 처진 어깨가 되고서야
비로소 너를 다시 만나는구나.
그래, 어서 기운을 내야지!
물끄러미 바라보는 나를 타이르듯
으쓱, 어깨를 추켜올리는구나.

내가 할 수 있는 일

학교에서 집으로 돌아오는 길에
내가 할 수 있는 일은 뭘까?
그중에서도 착한 일은 어떤 걸까?
아, 그거다! 바로 그거다!
심심해서 하도 심심해서
쿨쿨 잠이 든 길가의 돌멩이를
딱 세 번만 걷어차 주는 일.
그 돌멩이가 깔깔대며 굴러가다
뚝, 멈춘 그 자리에 쪼그리고 앉아
지나가는 개미한테 같이 놀아 주라고
잘 부탁해 놓는 일.
먼지 뒤집어쓴 민들레 얼굴에
후— 입김을 불어 주는 일.
이웃에 사는 못생긴 질경이에게도
아는 척 눈인사하는 일.
또 뭐가 있을까? 그래그래……
담벼락에 갈겨쓴 낙서들을
국어책 읽듯 찬찬히 살펴보는 일.

-맞다, 맞아. 나도 그래.

비뚤어진 그 낙서들에 끄덕끄덕
고개를 끄덕여 주는 일.
까닭 없이 짖어 대는 옆집 개에게
돌을 던지지 않는 일.
착하지! 하고 한번 얼러 주는 일.
마침내 우리 집 대문 앞에 왔을 때
잠시 서서 숨을 고르는 일.
마악 피어난 꽃처럼 환한 얼굴로
엄마를 떠올리는 일.
그러곤 기쁘게 초인종을 누르는 일.
(엄마, 학교 잘 다녀왔어요!)

조그만 비밀

우리 집 담벼락에 금이 간 것을
맨 먼저 안 게 누구였을까?
눈에 뵈지 않게 좁디좁은 그 틈에
그래, 실바람 한 가닥이 슬멋 스몄다가
아무도 눈치채지 못하게 자고 갔을 거야.
그다음엔 누가 알았을까?
담을 넘어 다니던 개미가 어느 날 문득
눈이 동그래지며 소리쳤겠지.
─야아, 지름길이 생겼다!
그다음은 담쟁이넝쿨이었을 거야.
더듬더듬 힘겹게 담을 타 오르다
그 좁은 틈 깊숙이 다리를 쭈욱 펴고
가쁜 숨을 잠시 돌렸겠지.
그러곤 다시 힘내어 기어올랐을 테지.
그다음엔 또 누가 알았을까?
그래, 바로 지금 내가 발견했지.
얼마나 신기하고 재미있는 일이야.
하지만 엄마한테는 비밀로 해야겠어.

당장 담벼락이 무너질 것처럼
지레 걱정하실 테니 말야.

얼마만큼?

쥐꼬리만 한 월급봉투 내민다고
엄마가 바가지를 긁어 대도, 그저 싱긋
웃고 마는 아빠가 나는 좋아.
(얼마만큼? 그건 나중에 말할게)
종아리 맞고 펑펑 우는 나를 빤히 바라보며
참새 눈물만큼도 내비치지 않을 땐
엄마가 야속하지만, 그래도 금방 좋아져.
(얼마만큼? 나중에 말할게)
쥐뿔도 모르는 게! 하며 툭하면 내 머리에
알밤 주기 일쑤지만, 난 형이 좋아.
애들이랑 싸울 땐 꼭 내 편이거든.
(얼마만큼 좋으냐구? 좀 더 기다려)
먹다 남은 과자를 겨우 코딱지만큼
떼어 주지만, 난 동생 민희가 좋아.
내가 배를 움켜쥐고 아픈 시늉을 하면 금세
동그래진 눈에 눈물 글썽이거든.
(얼마만큼 좋은지, 이제 말할게)
엄마와 아빠가, 형과 동생이

나를 좋아하는 만큼, 꼭 그만큼

–하늘만큼 땅만큼!

생각나지 않는 꿈

엄마,
아주 신나는 꿈을 꾸었는데
손톱만큼도 생각나지 않아요.
눈곱을 떼려고 눈을 비비는 통에
그만 달아나 버렸나 봐요.
영영 그 꿈을 잃어버리면 어쩌죠?

걱정하지 말고
오늘 아침에 핀 저 채송화 좀 보렴.
조그만 꽃씨였을 때
캄캄한 땅속에서 잠자는 동안 꾼 꿈을
까맣게 잊고 있는 줄 알았는데
문득 생각난 듯 활짝 피어났잖니?
저렇게, 언젠가 네 꿈도 꼭
다시 찾아온단다.

제비꽃

겨우내
들이 꾼 꿈 중에서
가장 예쁜
꿈

하도 예뻐
잠에서 깨어나면서도
놓치지 않고
손에 꼭 쥐고 나온
꿈

마악
잠에서 깬 들이
눈 비비며 다시 보고,
행여 달아나 버릴까
냇물도 함께
졸졸졸 가슴 죄는

보랏빛 고운
꿈.

봄날

엄마, 깨진 무릎에 생긴
피딱지 좀 보세요.
까맣고 단단한 것이 꼭
잘 여문 꽃씨 같아요.
한번 만져 보세요.
그 속에서 뭐가 꿈틀거리는지
자꾸 근질근질해요.
새 움이 트려나 봐요.

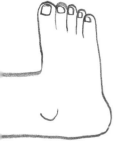

꿈결같은 열한 살

엄마, 나는 너무 어렸을 때라서 생각나지 않지만 엄마는 또렷이 기억하고 있지요? 내가 이 세상에 처음 태어났을 때 터뜨린 첫 울음소리 말이에요. 그때, 바로 그때, 우리 집 문밖을 서성이던 바람은 알고 있을 거예요. 내가 으앙! 하고 첫 소리를 냈을 때, 뒷산 기슭에 들국화 한 송이 마악 피어난 것을요.

엄마, 내가 처음으로 걸음마를 배운 때가 생각나세요? 혼자서 첫 걸음을 떼어 놓았던 땅바닥은 어디였나요? 두어 걸음도 채 가기 전에 꿍! 엉덩방아를 찧은 자리, 바로 그 곁에서 걸음마를 배우던 아기 개미는 알고 있을 테지요. 깔깔거리며 구경하던 서투른 내 걸음걸이를요.

엄마, 그건 나도 생생히 기억나요! 내가 처음 내 이름 석 자를 또박또박 썼던 것 말이에요. 아마 누나의 공책 겉장이었을 거예요. 그때 내 손에 꼭 쥐어 있던 몽당연필은 엄마만큼이나 잘 알고 있을 테지요. 그 뒤로 수백

번도 더 내 이름을 썼지만, 그때만큼 내 손이 기쁨으로 떨고 있던 적은 없다는 것을요.

　엄마, 나는 아직 잘 모르지만 세상 모든 것들이 나를 다 알고 있는 것 같아요. 오늘은 돌부리에 걸려 넘어졌는데 하나도 울지 않았어요. 찔끔, 눈물이 나려는데 처음 보는 새 한 마리가 날아와 뭐라고 지저귀지 뭐예요. 그리고 들국화 향기를 실은 바람이 내 얼굴을 어루만져 주었어요. 엄마, 참 이상하지요! 나를 넘어뜨린 돌부리조차 밉지가 않으니 말이에요. 나중에 나중에, 또 다른 돌부리를 만나면 내가 먼저 아는 척해야겠어요.

언제였던가요, 아주 오래전 일은 아닌 듯합니다. 나는 길가에서 민들레를 만나면 반가워 어쩔 줄 몰라 했습니다. 시냇가에 사는 조약돌들의 노래에 발을 맞추어 걸었고, 머리카락을 흩뜨리고 달아나는 바람을 무척 좋아했지요. 그리고 가끔은 아주 신나는 꿈을 꾸곤 했습니다. 아직 어른이 아니고 아이도 아니었던 때였나 봅니다.

그런데 어느새 많은 것들이 달라졌습니다. 빨간 풍선을 봐도 좀처럼 가슴이 설레지 않고, 건널목의 파란 불이 늦게 켜지면 조바심을 치고, 때로는 남들이 듣는 데서 곱지 않은 소리를 내기도 합니다. 이제 나는 더 이상 아이가 아니며 마침내 어른이 되고 말았다는 생각에 때때로 서글퍼지곤 합니다.

아주 어렸을 적에는 '얼른 어른이 되고 싶다'는 생각을 했습니다. 어른이 되면 무엇이든 마음대로 할 수 있을 거라고 여겼기 때문이지요. 하지만 어른이 될수록 행동뿐 아니라 생각조차 내 마음대로 하기가 점점 힘들다는 것을 깨닫게 되었습니다. 무엇보다 신나게 장난을 칠 수 없게 되었다는 사실이 가장 안타까웠지요.

결국 나는 이제 꾹 참고 가만히 있기에는 너무 따분해서 '다시 아이가 되고 싶은 어른'이 되었습니다. 다시 아이가 되고 싶은 마음이 정말 간절하다면 온전하지는 못해도 반쯤은 다시 아이가 될 수도 있겠지요. 내가 쓰는 시들은 그런 마음으로부터 우러나온 것이라 할 수 있겠습니다.

두 번째 시집 『바퀴 달린 모자』(현암사, 1993)를 처음 펴내면서 책머리에 나는 이런 생각들을 풀어 놓았었지요. 30년이라는 세월이 흐르고 세상은 너무나 많이 변했지만 내가 시를 쓰는 마음은 조금도 달라지지 않은 것 같습니다. 늘 새로운 시를 쓰려 애쓰지만 내 마음 한 구석에 오래 자리한 것들은 쉬이 변하지 않나 봅니다.

초판 발행 후 20년 동안 독자들이 언제든 이 시집을 접할 수 있도록 잘 보살펴 준 '현암사'에 다시금 감사의 말씀을 전합니다. '푸른책들'로 판권을 옮겨 개정판을 펴낸 지 10년 만에 또다시 30주년 기념 특별판을 펴냅니다. 오랜만에 만나는 반가운 얼굴처럼 이 시집이 새로운 독자들에게도 가까이 다가가길 바랍니다.

2023년 초가을에
신 형 건

■:■ 끝없는이야기에서 만나는 신형건 시집

거인들이 사는 나라 –30주년 기념 특별판
동화와 같은 이야기와 재치 있는 상상력으로 아이들의 마음속을 보여주는 시.
–〈조선일보〉
긴 시간의 침식을 견디고 살아남아 30년을 맞이하는 책은 흔치 않다. 이 시집은 꾸준히 쇄를 거듭하여 10만 이상의 독자를 확보한 스테디셀러가 됐다. 우리 속에 잠자고 있는 순수한 동심이 다시금 되살아난다. –〈뉴시스〉

아! 깜짝 놀라는 소리
사소한 순간마다 눈이 동그래지곤 했던 시인의 어린 시절을 떠올리며, 살아 움직이는 세상 이야기들을 생동감 넘치게 담아낸다. –〈기회회의〉
맑은 동심으로 바라본 순간들과 마주함으로써 독자들 마음도 함께 맑고 따뜻해질 듯하다. –〈치의신보〉

엄지공주 대 검지대왕
어린이부터 어른까지 폭넓은 독자층을 확보한 시인의 새 시집. 스마트폰 시대의 풍경을 기발한 표현으로 묘사하고, 자연과 호흡하길 권하는 시 33편. –〈한겨레〉
이 시대를 함께 살아가는 어른들과 아이들 사이를 비집고 들어오는 한 줄기 산들바람 같은 시들. –〈뉴시스〉

나는 나는 1학년
1학년 아이들이 신나게 뛰놀고, 또박또박 소리 내어 책을 읽고, 또 골똘히 생각에 잠기기도 하면서 보낸 하루하루가 시에 담겨 있다. –〈소년한국일보〉
즐겁고 신나는 일상을 차곡차곡 쌓아 어느새 몸도 마음도 부쩍 자란 생생한 성장 일기가 녹아 있다. –〈어린이조선일보〉

바퀴 달린 모자

발행일 초판 1쇄 2023년 11월 20일
지은이 신형건 **그린이** 안예리, 강나래 **펴낸이** 신형건
펴낸곳 (주)푸른책들 · **임프린트** 끝없는이야기 **등록** 제321-2008-00155호
주소 서울특별시 서초구 양재천로7길 16 푸르니빌딩 (우)06754
전화 02-581-0334~5 **팩스** 02-582-0648
이메일 prooni@prooni.com **홈페이지** www.prooni.com
인스타그램 @proonibook **블로그** blog.naver.com/proonibook
ⓒ 신형건, (주)푸른책들, 2023

ISBN 978-89-5798-682-0 03810